Analyse de l'œuvre

Par Joanna Glum

Les Sorcières de Salem

Arthur Miller

lePetitLittéraire.fr

Analyse de l'œuvre

Par Joanna Glum

Les Sorcières de Salem

Arthur Miller

lePetitLittéraire.fr

Rendez-vous sur lepetitlitteraire.fr et découvrez :

Plus de 1200 analyses
Claires et synthétiques
Téléchargeables en 30 secondes
À imprimer chez soi

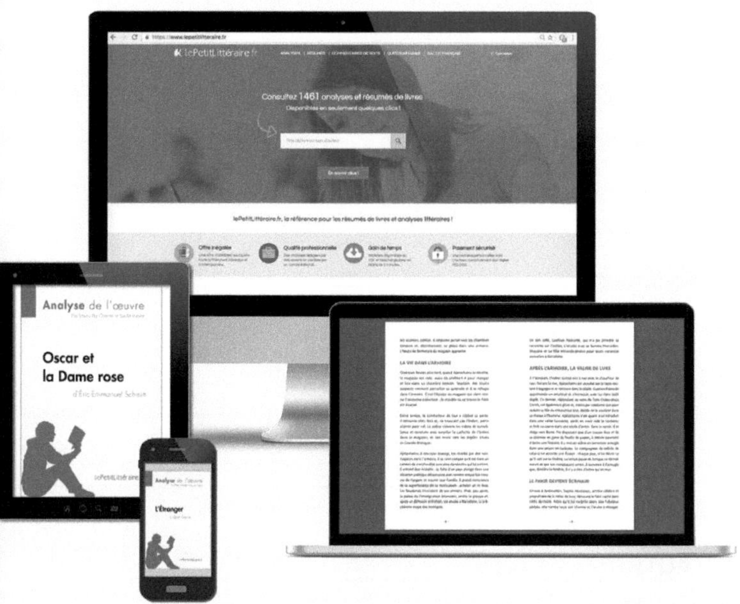

ARTHUR MILLER — 5

Dramaturge américain — 5

LES SORCIÈRES DE SALEM — 7

Le procès des sorcières de Salem, une allégorie — 7

RÉSUMÉ — 9

Acte 1 : « Une ouverture » — 9
Acte 2 : huit jours plus tard — 12
Acte 3 : Le tribunal — 14
Acte 4 : La prison — 17

ÉTUDE DE CARACTÈRE — 19

John Proctor — 19
Elizabeth Proctor — 20
Abigail Williams — 20
Révérend Parris — 21
Révérend Hale — 22
Thomas Danforth — 22
Giles Corey — 23
Rebecca Nurse — 24
Les Putnams — 24
Tituba — 25

ANALYSE — 26

Une allégorie très contemporaine — 26
La théocratie de Salem — 26
Un absolutisme intemporel — 27
Hypocrisie — 28
« Le sexe, le péché et le diable » — 29

POURSUITE DE LA RÉFLEXION — 31

Quelques questions à méditer... — 31

AUTRES LECTURES — 33

Édition de référence — 33
Études de référence — 33
Sources supplémentaires — 33
Adaptations — 34

ARTHUR MILLER

DRAMATURGE AMÉRICAIN

- **Né à Harlem, New York, en 1915.**
- **Décédé à Roxbury, Connecticut en 2005.**
- **Travaux notables :**
  - *All My Sons* (1947), pièce de théâtre
  - *Mort d'un commis voyageur* (1949), pièce de théâtre
  - *A View from the Bridge* (1955, révisé en 1956), pièce de théâtre

Arthur Miller est l'une des figures les plus célèbres du monde de la dramaturgie du XXe siècle, et ses quatre œuvres majeures font toujours partie du canon théâtral dans le monde entier. Issu d'un milieu modeste de New York, Miller subvient à ses besoins au début de sa carrière en écrivant des pièces radiophoniques et en exerçant d'autres emplois subalternes ; il n'a pas dépassé la trentaine avant d'atteindre sa notoriété actuelle avec la pièce *All My Sons*. Sa vie a été marquée par un certain degré de célébrité, puisqu'il a été appelé à témoigner devant la Commission des activités anti-américaines de la Chambre des représentants au plus fort du maccarthysme et qu'il a été marié de manière tumultueuse à Marilyn Monroe (actrice américaine, 1926-1962), les troubles qui ont émaillé leurs relations étant relatés dans la pièce *The Price de* 1967.

Bien qu'il n'ait écrit que 17 pièces de théâtre au cours de sa carrière, dont aucune n'a connu le même succès que ses premières œuvres, devenues canoniques, Miller a mené une longue carrière aux multiples facettes en tant qu'essayiste, nouvelliste et scénariste. Tout au long de sa vie, les œuvres de Miller ne se sont jamais éloignées des préoccupations qui l'ont amené à monter sur scène : il a continué à remettre en question les marées montantes du nationalisme, de la xénophobie et de la modernisation dans son pays d'après-guerre, et son regard est resté fixé sur l'individu moyen qui se bat pour une petite vie digne, même dans un monde de chaos.

LES SORCIÈRES DE SALEM

LE PROCÈS DES SORCIÈRES DE SALEM, UNE ALLÉGORIE

- **Genre :** pièce de théâtre (tragédie, fiction historique)
- **Edition de référence :** Miller, A. (2003) *The Crucible.* Londres : Penguin.
- **1ère édition :** 1953
- **Thèmes :** hystérie de masse, fanatisme (notamment religieux), individu contre autorité.

Écrit au plus fort de la peur rouge en Amérique, *Les Sorcières de Salem* est la réponse de Miller à l'hystérie généralisée et aux attaques fondamentalistes qui ont marqué la lutte contemporaine de son pays contre le maccarthysme. Ses parallèles sont clairs et nombreux : Alors que les premiers colons puritains contrôlaient la population par le biais de la théocratie, les politiciens américains contemporains opposaient les valeurs chrétiennes aux complots communistes ; alors que la chasse aux sorcières de Salem était alimentée par des stratagèmes mesquins et pratiques pour obtenir le pouvoir, McCarthy s'efforçait lui aussi de construire et de renforcer le pouvoir du gouvernement américain contre quiconque aurait pu être dissident ; là où les procès des sorcières de Salem condamnaient des innocents et appelaient les voisins à condamner leurs voisins afin de se disculper, Miller et ses contemporains se sont vus offrir le choix impossible de se libérer des soupçons au prix de la dénonciation de leurs pairs devant la Commission des activités anti-américaines de la Chambre des représentants.

Les Sorcières de Salem va cependant au-delà de cette allégorie directe et a traversé les générations grâce à son exploration intemporelle de ce qui définit la valeur d'une personne – même d'une personne « pécheresse ». S'inspirant de l'histoire du procès des sorcières de Salem, Arthur Miller a extrapolé au-delà des faits et a créé l'examen opératique d'un homme dont le combat ultime est contre lui-même, et dont le sacrifice ultime est sa vie pour sa propre dignité et son intégrité. Souvent jouée dans des théâtres communautaires et des lycées aux États-Unis, cette pièce reste un exemple de Miller au sommet de son art et une vaste allégorie de la lutte contre le fondamentalisme de masse institutionnalisée, alimenté par ceux qui ont tout à gagner de la trahison de leurs compatriotes. Il reste aussi pertinent aujourd'hui qu'il l'était dans l'Amérique des années 1950.

RÉSUMÉ

ACTE 1 : « UNE OUVERTURE »

La pièce s'ouvre sur le révérend Parris, absorbé dans sa prière pour sa fille invalide, Betty. Son esclave, Tituba, demande avec inquiétude à voir la fille, mais elle est chassée par l'entrée d'Abigail Williams, la jeune et belle nièce du révérend. Elle est accompagnée de Susanna, une autre adolescente qui lui annonce que le médecin prétend qu'il n'existe aucun traitement médical pour la maladie de Betty et recommande de chercher des remèdes pour des causes non naturelles. Le révérend presse Abigail de savoir si elle et Betty ont conjuré des esprits dans la forêt, où il les a vues parler en charabia et danser autour d'un feu sur l'air des chansons de Tituba. Le révérend et sa nièce discutent de leurs réputations respectives dans le village, le révérend disant qu'il y a des gens qui profiteraient de cette occasion pour le chasser de sa chaire et Abigail affirmant qu'elle a été renvoyée de son service auprès de Goody Proctor parce que la vieille femme était une menteuse.

Thomas Putnam et sa femme arrivent, disant que leur fille Ruth est également souffrante. Ils demandent des nouvelles du révérend Hale, que Parris a appelé, notant qu'il a eu des expériences avec les mauvais esprits et les sorcières. Parris est réticent à l'idée de sorcellerie, car cela donnerait une mauvaise image de lui en tant que chef spirituel de Salem, mais Putnam, dans son amertume, a l'intention d'encourager les idées de sorcellerie dans la ville. Sa femme confirme qu'elle a envoyé Ruth à Tituba pour réveiller les esprits des enfants morts des Putnam. Parris se résout à prier uniquement avec la paroisse, et il part avec les Putnam, qui retournent auprès de leur fille remuante.

Abigail est rejointe par Mercy Lewis, la servante des Putnam, et Mary Warren, la servante des Proctor. Les adolescentes discutent des événements de la soirée dans la panique. Betty se réveille et tente de s'échapper de la pièce, racontant comment Abigail a bu du sang cette nuit-là dans l'espoir de tuer la femme de John Proctor. Abigail réagit violemment et ordonne aux autres de dire qu'ils n'ont fait que danser pendant que Tituba conjurait les esprits.

John Proctor entre, ordonnant à Mary Warren de rentrer chez lui. Abigail et lui restent seuls, et Abby lui demande de revenir auprès d'elle, précisant qu'ils ont eu une relation sexuelle dans le passé, bien que John nie l'avoir aimée. Il refuse ses avances, réprimande Abby pour avoir tenté de mépriser sa femme. Betty se réveille soudainement en entendant le révérend prier dans l'autre pièce. Le révérend, les Putnam, Giles Corey et Rebecca Nurse entrent en panique, croyant Betty incapable d'entendre le nom du seigneur.

Rebecca impose les mains à Betty, qui se calme rapidement. Elle et Proctor disent à Parris de renvoyer le révérend Hale d'où il vient, car il ne sert à rien de chercher le diable. Au lieu de cela, Rebecca demande à la communauté de se regarder en face pour se blâmer, ce que Putnam ignore complètement.

M. Putnam réprimande Proctor, l'accusant de ne pas aller à l'église, et Proctor rétorque que beaucoup de membres de la paroisse n'y vont pas parce que l'on ne prêche plus guère Dieu. Le révérend réagit avec colère, et dit qu'en tant qu'homme d'Harvard, il ne comprend pas pourquoi il doit vivre une vie pauvre à Salem. Proctor fait remarquer que Parris est le seul pasteur à avoir jamais demandé l'acte de propriété d'une maison.

Parris accuse Proctor de tenter de soulever une faction de paroissiens contre lui, ce à quoi Proctor répond qu'il se joindrait volontiers à un tel parti. Il refuse de serrer la main de Parris et tente de partir, mais Putnam l'accuse de prendre du bois sur les terres des Putnam. Giles Corey dit que la famille Putnam a légué par testament des terres qui ne lui ont jamais appartenu, et avant qu'il ne puisse partir, le révérend Hale arrive. Corey reste pour poser des questions au révérend, tandis que Proctor part.

Hale commence son examen en essayant de réveiller Betty, et dans une ferveur communautaire croissante, Hale presse Abigail sur ce que les filles ont fait exacte-ment cette nuit-là. Parris mentionne qu'il a vu une bouil-loire au milieu de la clairière où elles ont dansé, et dans une tentative pour se sauver, Abigail accuse Tituba de conjurer les esprits, de venir à elle la nuit et de l'obliger à boire des potions. Tituba est alors interrogée par Hale, et elle admet converser avec le Diable. Hale demande si le Diable apparaît parfois avec d'autres personnes. Putnam demande si Goody Osborn ou Goody Good viennent avec le diable, et après avoir sangloté et dans le but d'assurer sa sécurité, Tituba commence à donner les noms des autres personnes qui, selon elle, travaillaient avec le diable. Abigail se joint à elle, ainsi que Betty, qui s'est réveillée, et la loi se termine avec les hommes qui envoient le marshal tandis que les filles continuent à nommer des femmes qui, selon elles, étaient avec le diable.

ACTE 2 : HUIT JOURS PLUS TARD

John rentre chez lui après avoir travaillé dans son champ. Sa femme, Elizabeth, le reçoit avec un dîner, et leur relation est fracturée. Elizabeth se demande si Jean est allé à Salem, car il est rentré si tard. Elle dit à John qu'elle a laissé Mary aller en ville parce qu'elle a été nommée magistrat de la cour, et elle révèle à un John horrifié que Salem a établi un véritable tribunal, emprisonnées 14 personnes, et a maintenant le pouvoir de pendre.

Elizabeth encourage John à se rendre à Salem pour révéler ce qu'Abigail lui a dit quelques jours auparavant. John hésite, et comme Elizabeth insiste, elle découvre que John était seul avec Abigail, et non avec un groupe comme il l'avait d'abord dit. John accuse Elizabeth d'être incapable de lui pardonner et de le juger, mais sa femme lui rétorque qu'il est son propre juge et qu'elle n'a jamais pensé qu'il était un homme bon.

Mary Warren entre, fatiguée par la journée de procès. Elle craque, révélant que 39 personnes sont maintenant accusées, et que Goody Osborn, une vieille mendiante, sera pendue. Sarah Good, cependant, ne sera pas pendue, car elle a avoué avoir travaillé avec le Diable. Elizabeth et John protestent, sachant que rien de ce qui a été dit au tribunal n'est vrai, mais Mary s'obstine, revendiquant l'autorité du tribunal comme celle qui a sauvé Elizabeth Proctor ce jour-là en réfutant l'affirmation selon laquelle Elizabeth était une sorcière.

Après le départ de Marie, Elizabeth dit à John qu'il doit maintenant aller voir Abigail pour lui faire comprendre qu'il ne reste rien de leur relation. John s'entête à nier qu'il sait qu'Abigail espère toujours être avec lui, mais il finit par céder à sa femme.

Le révérend Hale se présente à leur domicile, révélant qu'il a inspecté les noms des personnes mentionnées au tribunal, y compris Rebecca Nurse, qui a également été accusée. Elizabeth et John se soumettent avec incrédulité à l'interrogatoire de Hale, qui leur demande pourquoi ils ne sont pas allés fréquemment à l'église. Il leur fait répéter les dix commandements, et John n'oublie que celui de l'adultère. Doutant clairement des Proctors, Hale tente de partir, mais Elizabeth oblige son mari à partager avec le révérend le fait qu'il sait qu'Abigail a affirmé que les filles ne pratiquaient pas la sorcellerie. Bien que Hale soit quelque peu ému par le témoignage de Proctor, qu'il dit vouloir présenter devant un tribunal, il l'interroge sur sa croyance dans les sorcières en général. Alors que John dit croire aux sorcières, Elizabeth refuse obstinément d'en dire autant, faisant remarquer que si on la fait passer pour une sorcière, elle n'y croit pas.

Giles Corey et Francis Nurse arrivent en furie, leurs épouses ayant été emmenées par Ezekiel Cheever à la prison sous l'accusation d'avoir assassiné les enfants des Putnam. En quelques instants, Cheever arrive chez les Proctor avec un mandat d'arrêt pour Elizabeth. John entre dans une colère noire, mais Cheever repère une poupée que Mary avait apporté le soir même pour Elizabeth. Il y trouve une aiguille, qu'il prend comme une preuve de l'affirmation d'Abigail selon laquelle Elizabeth a utilisé la sorcellerie pour tenter de tuer Abigail. John appelle violemment Mary, qui avoue qu'il s'agit de sa poupée et qu'Abigail elle-même a vu Mary la coudre au tribunal.

John déchire l'ordonnance du tribunal et tente de faire sortir les geôliers de chez lui, mais Elizabeth choisit de partir avec eux, demandant à John de la libérer rapidement. Il jure de se rendre à la cour, avec l'intention d'y aller le lendemain matin. Une fois les hommes partis, John ordonne à Mary de l'accompagner au tribunal pour révéler la vérité sur la poupée. Alors que Mary affirme qu'Abigail le ruinera en révélant publiquement leur liaison, John accepte son destin, refusant de laisser sa femme mourir pour ses fautes.

ACTE 3 : LE TRIBUNAL

Depuis la sacristie de la maison de réunion de Salem, devenue le tribunal, on entend Martha Corey nier les accusations de sorcellerie. Giles affirme que la véritable motivation de Putnam pour lancer ces accusations est d'acquérir les terres des personnes condamnées à être pendues, et il est escorté hors du tribunal et dans la sacristie. Là, il est accueilli par Hale, le révérend Parris, le juge Hathorne et le vice-gouverneur Danforth, qui lui demande sans humour de soumettre une déclaration sous serment officielle à la cour pour défendre sa femme. Le juge Hathorne demande que Giles et Francis Nurse soient détenus pour outrage, mais John entre avec Mary et tente de soumettre leurs témoignages à Danforth.

Alors que Parris proteste, disant que Danforth ne peut pas accepter leur parole, Danforth interroge Proctor et Mary, qui confirme qu'elle et les autres filles ont menti en affirmant avoir été témoins de sorcellerie. Danforth écoute le témoignage, et Parris affirme que John tente simplement de faire tomber la cour. John dit qu'il veut simplement sauver sa femme ; cependant, il refuse d'abandonner sa demande de présenter les preuves au tribunal après que Danforth ait offert à Elizabeth un an de vie après la confirmation visible de sa nouvelle grossesse. John insiste sur le fait qu'il défendra également les femmes de ses amis, offrant à Danforth un témoignage comportant 91 signatures attestant de la bonne moralité d'Elizabeth, Rebecca et Martha. Parris exige que ceux qui ont signé le document soient amenés devant la cour, et Danforth accepte.

Giles Corey fait une autre déclaration à Danforth, accusant Putnam de porter une accusation contre un autre homme afin d'hériter de la terre qu'il laisserait derrière lui. Comme Giles refuse de donner le nom du témoin qui pourrait corroborer ses dires, Danforth le condamne pour outrage à la cour. Enfin, John présente la déclaration de Mary selon laquelle elle n'a jamais été possédée ni vu les femmes accusées possédées par des esprits ou le Diable. Danforth lit, et avant que Parris ne puisse protester, Danforth exige avec mépris que le révérend se taise.

Danforth demande que les autres filles soient amenées devant lui alors qu'il interroge Mary pour savoir si elle ment maintenant ou si elle a déjà menti auparavant. Elle dit qu'elle est « avec Dieu » maintenant alors que Mercy, Betty et Abigail sont amenées (p. 80). Abigail dit à Danforth que les paroles de Mary sont des mensonges, mais John apporte la preuve que le révérend Parris a vu les filles danser, nues, dans le bois. Parris est obligé de l'admettre, bien qu'il nie les avoir vues nues. Hathorne, mettant en doute l'idée que les filles aient simplement fait semblant d'être envahies par les esprits, exige que Mary fasse semblant de s'évanouir devant eux.

Mary répond qu'elle ne peut pas mais qu'elle avait pu le faire auparavant à cause de l'hystérie des autres. Soudain, Abigail regarde fixement Mary, affirmant qu'un esprit l'affecte, et Betty et Mercy font de même, prétendant être possédés. John s'en prend violemment à Abigail, affirmant qu'elle ne peut pas regarder vers le Ciel parce qu'elle est une putain. Finalement, il admet que lui et Abigail ont eu une liaison et qu'un homme ne sacrifierait pas sa réputation sans raison. Abigail tente de s'échapper mais est arrêtée, et Danforth exige qu'Elizabeth soit amenée et qu'elle n'ait pas connaissance de ce qui a été dit. Lorsqu'on lui demande pourquoi elle a jeté Abigail dehors et si elle croit que son mari a couché avec elle, Elizabeth répond que son mari est un homme bon, condamnant effectivement son témoignage comme un mensonge dans le but de sauver sa réputation.

Abigail et les filles entrent dans une frénésie, prétendant voir un oiseau qui est l'incarnation de l'esprit de Mary, là pour les tuer. Mary finit par se laisser aller à l'hystérie et affirme que John Proctor est le Diable et qu'il lui a demandé de faire un faux témoignage. Danforth est convaincu et ordonne l'arrestation de John. Hale quitte la cour alors que John dit à Danforth qu'ils souffriront tous deux pour leurs péchés.

ACTE 4 : LA PRISON

Sarah Good et Tituba, en prison, prient pour que le Diable les ramène « chez elles « le soir avant leur exécution. Danforth arrive et est alarmé de découvrir que Hale est revenu au mépris des ordres de la cour, priant avec Parris maintenant pour les prisonniers. Il exige que Parris soit amené. Le révérend révèle que depuis l'arrivée de Hale, certains des accusés envisagent de se confesser et de sauver leur âme devant Dieu, indiquant également qu'avec la nouvelle d'une rébellion contre des procès similaires à Andover, certains à Salem nourrissent des pensées séditieuses. Lorsque Parris demande que les exécutions soient reportées, Danforth refuse.

Hale arrive avec la nouvelle qu'aucune des femmes ne se confessera. Le seul accusé qu'il n'a pas vu est Proctor, et Danforth demande qu'Elizabeth soit présentée dans l'espoir que cela puisse attendrir John. Hale accuse avec colère Danforth de susciter une rébellion, étant donné que la ville est en ruine et que beaucoup de ses citoyens sont enfermés en prison. Danforth refuse d'écouter Hale. Elizabeth est présentée, et Hale la supplie d'encourager son mari à mentir pour sauver sa vie – le don le plus précieux de Dieu.

Elle refuse de plaider auprès de son mari mais demande à pouvoir lui parler. Ils laissent le couple désemparé seul. Jean touche son futur bébé dans le ventre d'Élisabeth et lui demande ce qu'elle voudrait qu'il fasse. Elle répond qu'elle ne sait pas quoi faire, mais qu'elle sait que Jean est un homme bon. Elle assume la responsabilité de l'adultère de Jean, sachant qu'elle a eu du mal à lui montrer son amour parce qu'elle doutait d'elle-même. Les autres entrent, et Jean dit qu'il va se confesser, sachant qu'il n'est pas un homme bon en le faisant.

Danforth ordonne que le témoignage de John soit noté, et alors que John avoue avoir lui-même parlé au Diable, Rebecca Nurse est amenée pour témoigner de son exemple. En sa présence, John refuse de dire qu'il l'a vue, elle ou l'un des accusés, avec le diable. Bien qu'il signe de son nom sa propre confession, il refuse de la remettre à Danforth, qui l'accrocherait à la porte de l'église pour que le public la voie. Dans un discours émouvant, John déclare que s'il a donné son âme, il ne donnera pas son nom. Il déchire la confession, sachant qu'elle signifie la mort, et il est conduit vers la sortie sous les sanglots de Hale et Parris tandis qu'Elizabeth le regarde, sachant qu'il a trouvé sa bonté.

ÉTUDE DE CARACTÈRE

JOHN PROCTOR

Jeune fermier plongé dans l'épicentre de la folie de la chasse aux sorcières, John Proctor est à la fois la source imparfaite du trouble de la pièce et son centre moral. Comme l'écrit Miller, « le calme dont il fait preuve ne provient pas d'une âme tranquille » (p. 31), et la lutte de John pour affronter ses propres péchés – à savoir son infidélité – détermine une grande partie de sa trajectoire. John se retrouve également la cible de problèmes dans son entourage, « un imbécile a senti sa bêtise instantanément » (*ibid.*), et le refus de John d'aller à l'église du révérend Parris, qu'il décrit comme truffé d'hypocrisie, est considéré comme une preuve d'amoralité. Aux yeux de ceux qui détiennent le pouvoir, le péché de John est son refus de se soumettre à la théocratie dominante, et si la communauté se moque de l'emprisonnement éventuel de John, sa lutte finale entre la vie et la mort est plutôt une lutte entre une autorité hypocrite et pécheresse et une intégrité honnête, bien qu'imparfaite.

Dans le cadre de l'allégorie, le refus de John Proctor de signer son nom pour un mensonge public confirme que le salut d'un homme réside dans son éthique personnelle. Il comprend les répercussions de sa vie – même au-delà de la mort – et sa défense de son nom est une défense de l'histoire. Son refus est un refus d'écrire dans l'histoire un mensonge qui confirme une hystérie, et pour Miller, ce genre d'intégrité résiste à l'épreuve du temps.

ELIZABETH PROCTOR

Tout au long de la pièce, Elizabeth Proctor s'avère être l'un des seuls personnages véritablement « moraux » ; du moins, elle est présentée comme tel par son mari, qui se considère comme un échec à la lumière de son exemple de rectitude morale. John proclame fièrement que sa femme ne ment jamais, et en effet, les accusations de sorcellerie portées contre Elizabeth sont faites pour représenter l'absurdité de la chasse aux sorcières et la façon dont elles étaient coordonnées par un monde de voisins mécontents (dans le cas d'Elizabeth, un amant déçu est son geôlier).Elizabeth devient le champ de bataille rhétorique de la valeur de la vérité, à tel point que son *seul* mensonge – son affirmation que son mari n'a jamais été un débauché – est le plus accablant en ce sens que la seule chance qu'avait John de discréditer le tissu de mensonges d'Abigail s'est éteinte avec le seul mensonge d'Elizabeth.

ABIGAIL WILLIAMS

Abigail est, à bien des égards, l'instigatrice de la chasse aux sorcières de *Les Sorcières de Salem*. Si l'on en croit ses dires, la jeune fille a un passé troublant, ayant vu ses parents tués sous ses yeux par des Amérindiens. La liaison d'Abigail avec John Proctor et ses sentiments persistants pour lui l'amènent à boire une potion de sang pour tuer Elizabeth Proctor. Cela l'amène à être surprise par son oncle, le révérend Parris, dans une situation de sorcellerie potentiellement compromettante. Afin de se sauver et de se débarrasser d'Elizabeth Proctor, Abigail crée donc le tissu de mensonges sur l'existence des sorcières à Salem.

Abigail n'est pas un personnage moralement compliqué ; elle existe et continue à tisser des mensonges, même après qu'ils aient commencé à causer des dommages réels. À la fin de la pièce, il est noté qu'elle a quitté la ville – ostensiblement avant que les exécutions ne puissent avoir lieu – et sa dernière action est donc une confirmation de sa lâcheté. Bien qu'elle soit statique à cet égard, le seul moment d'honnêteté où elle affronte seule John Proctor au sujet de son amour pour lui donne à Abigail plus de texture que celle de l'adolescente malicieusement manipulatrice.

RÉVÉREND PARRIS

L'oncle d'Abigail et le père de Betty, le révérend Parris, en tombant par hasard sur les filles dans les bois en train de se comporter de manière douteuse, est la première raison des soupçons de sorcellerie. Bien qu'il s'agisse d'une véritable inquiétude pour sa fille, le caractère faible et facilement manipulable de Parris, renforcé par son complexe d'infériorité, l'amène à poursuivre l'hystérie de la chasse aux sorcières de peur de perdre sa position dans la paroisse. Notant qu'il est un homme de Harvard et se plaignant qu'il devrait avoir plus de revenus que ceux qui lui sont alloués, Parris est un homme qui n'a pas l'impression d'être traité avec le respect qu'il mérite, et sa prise de pouvoir malaisée aux dépens de la rationalité et de l'innocence est un exemple du danger des faibles en position de pouvoir. La faiblesse de Parris est son désir d'obtenir plus de pouvoir, et ceux qui sont plus malins que le révérend, comme les Putnam, n'hésitent pas à tirer parti de ce défaut. Bien qu'il finisse par se sentir coupable de ses actes et qu'il tente finalement d'obliger les accusés à se confesser pour sauver leur vie, Parris a du sang sur les mains.

RÉVÉREND HALE

Sanctifié et investi d'une mission divine, le révérend Hale est un homme instruit qui arrive à Salem « comme un jeune médecin pour son premier appel » (p. 40). S'il encourage au départ la poursuite de l'enquête sur la sorcellerie, y voyant un moyen de se distinguer dans son domaine, il finit par en devenir le plus grand critique – mais seulement une fois qu'il est déjà trop tard.

THOMAS DANFORTH

En tant que juge en chef du tribunal, Danforth se voit conférer la plus grande autorité dans les procédures judiciaires de la pièce. Bien qu'il semble d'abord disposé à écouter les protestations légitimes – notamment celle de John Proctor qui affirme qu'Abigail a inventé toute la chasse aux sorcières afin d'exercer un contrôle sur leur ancienne relation amoureuse – la volonté de Danforth d'accepter l'histoire d'Abigail et le mensonge d'Elizabeth pour argent comptant fait de lui le bourreau de beaucoup. Son crime ultime survient dans le final, lorsque, même si la ville de Salem s'est déchirée et a sombré dans la pourriture et l'émeute à la suite de la procédure, il ne veut toujours pas retirer les accusations portées contre ceux qu'il croit ostensiblement innocents. Les motifs de Danforth sont simples – maintenir l'autorité de la cour – et son refus de la confession privée de Proctor est la marque finale d'un homme contraint par un simple exercice de contrôle.

GILES COREY

Giles Corey est un vieil homme aux passions rapides et à l'enquête simple. Lorsque sa femme est accusée et emprisonnée pour sorcellerie présumée, Giles demande l'aide de John Proctor pour disculper leurs deux épouses de ce qu'il appelle ouvertement un exercice hystérique d'un pouvoir illégitime. Giles signe un plaidoyer alléguant que les Putnam tentent de se procurer ses terres par le biais des procès, mais parce qu'il refuse de nommer l'homme qui a témoigné, le plaidoyer est la condamnation à mort de Giles.

En étant pressé à mort, Giles sert de symbole des victimes de l'immense pression exercée pour dénoncer un voisin afin de se sauver. Surtout dans le contexte de l'Amérique des années 1950, où beaucoup ont donné les noms de leurs pairs et de leurs collègues à la Commission des activités anti-américaines de la Chambre des représentants afin d'éviter d'avoir à en subir les conséquences, l'action de Giles est lue comme un acte héroïque d'intégrité et d'altruisme.

REBECCA NURSE

Rebecca est l'épouse de Francis, qui a accumulé trois cents acres de terre et dont l'ascension sociale est mal perçue par leurs voisins, notamment les Putnam. Elle est donc accusée de sorcellerie par les Putnam, qui utilisent cette accusation comme un moyen de reprendre du pouvoir; cependant, Rebecca est un pilier de l'église et de la communauté, et bien que son emprisonnement soit considéré comme profondément suspect par presque tout le monde, son refus d'avouer un mensonge la conduit à la potence. Dans la mort, elle s'avère être la plus morale et la plus honnête de tous les personnages, et c'est son exemple que John suit dans sa tentative d'être vraiment bon.

LES PUTNAMS

Les Putnam entretiennent depuis longtemps de l'amertume au sein de la communauté de Salem. M. Putnam en veut au révérend Parris pour son statut, car il a postulé au ministère et a échoué, et sa famille a subi des échecs similaires au sein de la communauté. Goody Putnam est tourmentée par la mort de sept enfants en bas âge, et en envoyant sa fille chez Tituba afin de communier avec leurs esprits, elle fait preuve d'hypocrisie – elle peut condamner la pratique de la sorcellerie, mais accepte totalement sa propre impulsion à la poursuivre. Les Putnam sont un couple égoïste et assoiffé de pouvoir qui détruit sans ménagement et avec malice la vie de ses voisins afin d'affirmer une sorte de supériorité sur eux.

TITUBA

Tituba est une esclave de la Barbade dont la réputation de pratiquante de la sorcellerie conduit Goody Putnam à lui envoyer sa fille afin qu'elle parle avec les esprits des enfants Putnam décédés, bien que l'on ne sache jamais si Tituba s'adonne réellement à la sorcellerie. Tituba avoue avoir communié avec le diable, ce qui fait d'elle la première à parler faussement afin d'éviter une condamnation à mort.

ANALYSE

UNE ALLÉGORIE TRÈS CONTEMPORAINE

Pas sur les sorcières

- Au moment de l'écriture, Miller a lui-même tracé une ligne entre le procès des sorcières de Salem et le maccarthysme de l'Amérique des années 1950. Les parallèles sont clairs : de même que les habitants de Salem se laissaient aller à voir des sorcières là où d'autres prétendaient qu'elles l'étaient, de même le gouvernement des États-Unis voyait des communistes là où d'autres prétendaient qu'ils l'étaient. Giles Corey décrète de Putnam, « cet homme tue ses voisins pour leurs terres » (p. 77), et, en effet, *Les Sorcières de Salem* est une histoire de voisins qui accusent leurs voisins, soit pour leur propre profit, soit pour se libérer d'un soupçon fatal.

LA THÉOCRATIE DE SALEM

- Dans le contexte des *Sorcières de Salem*, le corps au pouvoir est un corps religieux – le gouvernement tire sa loi commune des enseignements puritains, et en tant que tel, l'autorité des personnes au pouvoir est considérée comme une autorité absolue venant de Dieu. Cela complique l'affaire en question car on ne peut confirmer ni les esprits, ni les sorcières, ni le Diable, pas plus qu'on ne peut confirmer la présence de Dieu. Danforth en profite lorsqu'il interroge Proctor sur sa croyance au Diable ; le fait que Proctor puisse croire en Dieu ou au Diable mais *pas* aux sorcières est perçu comme une violation de leur enseignement religieux et remet en question son allégeance religieuse. Cette situation sans issue place les personnages dans une position où, s'ils établissent leur propre code éthique ou moral, ils peuvent être condamnés – comme John Proctor.

UN ABSOLUTISME INTEMPOREL

- Miller affirme que Danforth est l'ultime méchant de la pièce car, même après avoir été témoin des ravages causés à la ville par les procès, il a refusé d'arrêter cette folie et de renvoyer les parents, les fermiers et les époux chez eux. Dans l'acte 3, Danforth affirme : « une personne est soit avec cette cour, soit elle doit être comptée contre elle, il n'y a pas de chemin entre les deux » (p. 76). Cette vision absolutiste a des liens directs avec les binômes communistes/capitalistes ou pro-gouvernement américain/traîtres établis pendant le passage de McCarthy au pouvoir dans les années 1950. La première pièce à succès de Miller, *All My Sons*, qui remettait en question l'éthique des industriels ayant profité de la Seconde Guerre mondiale, a été l'une des principales raisons pour lesquelles le dramaturge a été convoqué devant le House Un-American Activities Committee. Tout comme Miller était incapable de remettre en question le comportement problématique des citoyens de son pays, Proctor est également incapable de remettre en question la nature du révérend Parris, manifestement hypocrite.

De même, Hale est incapable de remettre en question la légitimité des procédures judiciaires, choisissant plutôt d'abandonner complètement Salem. Ce n'est plus une question de vérité mais une question d'allégeance, et ceux qui sont condamnés sont ceux dont l'allégeance aux pouvoirs en place n'est pas confirmée par la soumission.

HYPOCRISIE

John Proctor est très clair : l'hypocrisie du révérend Parris est la raison pour laquelle il n'ira plus à l'église le dimanche. Pourtant, John Proctor est lui-même sur la ligne de l'hypocrisie, et c'est cette ligne qui le conduit à la mort. Parce qu'il a du mal à admettre la vérité de son péché, John tente d'exercer ce qui peut être considéré comme un « mensonge de valeur «. Dans son échange seul à seul avec Abigail, les deux discutent des règles de leur ancienne liaison, disant :

« ABIGAIL : Oui, mais nous l'avons fait.

PROCTOR : Aye, mais nous ne l'avons pas fait ». (p. 32)

La tentative de John d'écraser la vérité dans un jeu de « il a dit, elle a dit » est exactement le jeu joué par Abigail qui condamne la plupart des habitants de Salem à des accusations de sorcellerie. Cela préfigure la condamnation à mort effective de John, lorsqu'Elizabeth ment sur sa connaissance de la liaison de son mari dans le but de préserver la bonne réputation de John. L'hypocrisie, qui est la violation d'un code éthique, est donc le fléau de la communauté. Danforth, dans un ultime plaidoyer auprès d'Elizabeth pour qu'elle encourage son mari à se confesser, déclare « un singe même pleurerait devant une telle calamité » (p. 98). Son incapacité à reconnaître qu'il s'agit d'une calamité causée, à bien des égards, par lui-même, est une confirmation claire et définitive de l'œuvre accablante de l'hypocrisie.

« LE SEXE, LE PÉCHÉ ET LE DIABLE »

"Devil, him be pleasure-man in Barbados [...] It's you folks – you riles him up 'round here" (p. 92).

La proclamation finale de Tituba vient encadrer la pièce comme une condamnation de la rigidité comportementale imposée par la théocratie de Salem – en d'autres termes, une condamnation des structures puritaines. Alors que le Diable est considéré comme une entité bien réelle tout au long de la pièce, et que même le protagoniste John accepte son existence, il devient une sorte de fourre-tout pour tout comportement interdit par la stricte loi puritaine. Tituba et la pièce semblent suggérer que ce qui est interdit est ce qui est naturel pour les êtres humains qui sont, en fait, faillibles. Le sexe devient un axe majeur sur lequel tourne la pièce, provoquant le trio central de John, Elizabeth et Abigail à s'engager dans un jeu involontairement fatal de déni et d'accusation.

La pièce semble tirer parti du paradigme acceptable de la putain et de la madone, dans lequel les femmes sont présentées soit comme la putain pécheresse et lascive, soit comme la madone vierge et moralement intègre.

Elizabeth confesse que son seul péché est d'avoir été froide avec son mari ; elle laisse spécifiquement entendre qu'elle était une amante frigide et timide. Si, dans le contexte moderne de la théorie féministe et de la théorie du genre, cette remarque pourrait sembler simplement misogyne, dans la pièce, elle semble confirmer l'idée qu'en vivant sous un régime théocratique aussi normatif et impraticable, les personnages sont incapables d'exercer leurs qualités les plus humaines. Le sexe est fondamental, et la suggestion de Tituba selon laquelle les puritains ont excité le diable découle de leur incapacité à accepter le plaisir et l'imperfection. Ils sont les maîtres de leur propre destruction dans la mesure où ils n'ont pas pu, au départ, accepter leur potentiel d'échec.

POURSUITE DE LA RÉFLEXION

QUELQUES QUESTIONS À MÉDITER…

- L'acte 1 est rempli de longs passages de texte qui commentent à la fois l'histoire des personnages de la pièce et leur lien avec les événements de l'époque de l'écriture. Comment cette narration affecte-t-elle votre interprétation de la pièce ? Ne serait-elle jamais prononcée dans une représentation ? Comment la pièce se présente-t-elle sans cette narration ?

- Pensez-vous que Tituba connaît la sorcellerie ? Cela a-t-il un impact sur la façon dont nous devons interpréter la pièce ? Pourquoi ou pourquoi pas ?

- En réalité, les Putnam ont eu de nombreux enfants qui ont vécu jusqu'à l'âge adulte. Que réalise Miller en faisant de Goody Putnam une mère endeuillée ?

- Pensez à la structure de pouvoir de Salem. Pourquoi les personnes qui racontent les premiers mensonges sont-elles des adolescentes ? Comment leurs relations avec l'autorité de la cour reflète-t-elle la relation locale John/Abigail ?

- Pourquoi les personnes condamnées sont-elles principalement des femmes ? Des épouses ? Que dit leur rôle dans la société de Salem sur leur parallèle dans l'Amérique de Miller ; qui est leur parallèle dans l'Amérique de Miller ?

- Mary affirme qu'elle n'a crié au tribunal que parce que les autres filles ont crié – parce qu'elle *croyait qu'*elles étaient en présence d'esprits. Quelle est la politique de la croyance par rapport à la réalité dans la pièce ?

- Est-il important que les personnages parlent dans un dialecte (en tant qu'immigrants récents d'Angleterre) ? Pourquoi ou pourquoi pas ?

- La pièce se déroule uniquement dans des espaces intérieurs : une chambre, une cuisine, la sacristie du palais de justice et une cellule. Comment cette vision limitée et microcosmique affecte-t-elle la relation du public avec le monde de Salem ? Pensez en particulier à la signification du fait que Parris attrape les filles dans les bois et que la potence n'est pas visible pour le public.

AUTRES LECTURES

ÉDITION DE RÉFÉRENCE

- Miller, A. (2003) *The Crucible*. Londres : Penguin.

ÉTUDES DE RÉFÉRENCE

- Bloom, H. (2008) *Arthur Miller's* The Crucible *New Edition*. New York : Bloom's Literary Criticism.
- Isherwood, C. et McKinley, J. (2005) Arthur Miller, Legendary American Playwright, Is Dead. *The New York Times*. [En ligne]. [Consulté le 21 novembre 2018]. Disponible sur : <https://www.nytimes.com/2005/02/11/theater/arthur-miller-legendary-american-playwright-is-dead.html>
- Mason, J. D. (2014) Arthur Miller : Une politique radicale de l'âme. *The Oxford Handbook of American Drama (en anglais)*. [En ligne]. [Consulté le 7 novembre 2018]. Available from: <http://www.oxfordhandbooks.com/view/10.1093/oxfordhb/9780199731497.001.0001/oxfordhb-9780199731497-e-016>
- Richards, J., Nathans, H. et Mason, J. (2014) Arthur Miller. *Le manuel d'Oxford sur le théâtre américain*. Oxford : Oxford University Press.

SOURCES SUPPLÉMENTAIRES

- Miller, A. (2012) *Timebends : A Life*. Londres : Bloomsbury.

ADAPTATIONS

- *Les Sorcières de Salem.* (1996) [Film]. Nicholas Hytner. Réalisateur. États-Unis : 20th Century Fox.
- *Les Sorcières de Salem.* (1957) [Film]. Raymond Roublea. Réalisateur. France/Allemagne de l'Est : Compagnie Industrielle Commerciale/Cinématographique/Films Borderie/DEFA.

Votre avis nous intéresse !
Laissez un commentaire sur le site de votre librairie en ligne
et partagez vos coups de cœur sur les réseaux sociaux !

lePetitLittéraire.fr

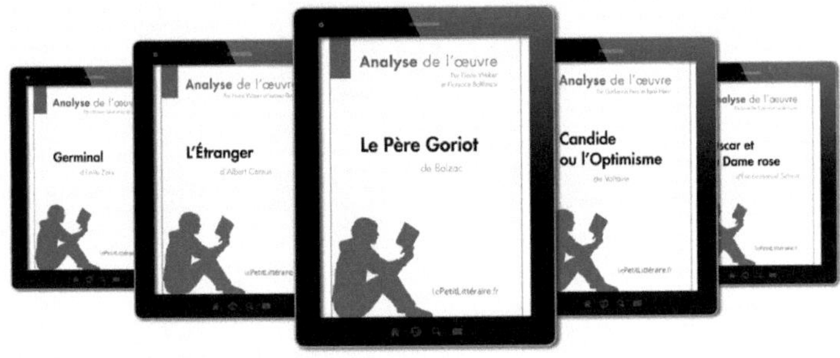

- des analyses de livres
- des fiches de lectures
- des commentaires littéraires
- des questionnaires de lecture
- des résumés

**Retrouvez
notre offre complète sur**
lePetitLittéraire.fr

L'éditeur veille à la fiabilité des informations publiées, lesquelles ne pourraient toutefois engager sa responsabilité.

www.lepetitlitteraire.fr

ISBN version numérique : 9782808684583
ISBN version papier : 9782808685382
Dépôt légal : D/2023/12603/1038

Conception numérique : Primento,
le partenaire numérique des éditeurs.